Levando em frente
Um coração dependente
Viciado em amar errado
Crente que o que ele sente

É sagrado...
E é tudo piada
E é tudo piada

(Frejat/Cazuza)
* Na voz de Marina Lima *

Anderson Novello

Anacrônicas
E QUASE INVENTADAS

1ª edição
1ª reimpressão

CORTEZ
EDITORA

© 2019 by Anderson Novello

© Direitos para esta publicação exclusiva
CORTEZ EDITORA
Rua Monte Alegre, 1074 – Perdizes
05014-001 – São Paulo – SP
Tel.: (11) 3864-0111 Fax: (11) 3864-4290
cortez@cortezeditora.com.br
www.cortezeditora.com.br

Direção
José Xavier Cortez

Editor
Amir Piedade

Preparação
Alessandra Biral

Revisão
Alexandre Ricardo da Cunha
Isabel Ferrazoli
Rodrigo da Silva Lima

Edição de Arte
Mauricio Rindeika Seolin

Capa
Iago Sartini

Obra em conformidade ao
Novo Acordo Ortográfico da Língua Portuguesa

Dados Internacionais de Catalogação na Publicação (CIP)
(Câmara Brasileira do Livro, SP, Brasil)

Novello, Anderson
  Anacrônicas e quase inventadas / Anderson Novello. –
1. ed. – São Paulo: Cortez, 2019.

  ISBN 978-85-249-2736-2

  1. Crônicas brasileiras I. Título.

19-27719   CDD-B869.8

Índices para catálogo sistemático:
1. Crônicas: Literatura brasileira B869.8

Cibele Maria Dias – Bibliotecária – CRB-8/9427

Impresso no Brasil – fevereiro de 2020

Para você, leitor,
que quase inventou de ler outro livro,
mas acabou escolhendo este.

Sumário

Prefácio 9
Sobre rapaduras e meteoros 11
Das dificuldades de tomar um café 15
Senhas e filas 19
Sacou? 23
Alô? Moacyr? 26
Domingo sozinho 30
Domingo em família 34
Corridinha na orla 39
Labores e dissabores 42
Primeira aula de zumba 47
É maromba que fala? 50
É infarto ou enfarte? 54
No hospital, você ouve 59
Níveis de amizade 62

O que entope o seu coração?...........................66

Embolado..69

Freios 72

O contador de dias..74

Obrigado, professora! 79

Carta para Papai Noel 83

Carta para Papai Noel, de novo, porque sim.....87

Tim-tim! Um brinde! 92

Previsões para o ano-novo 97

Minha oração para os anos-novos 101

Primeira hora do dia.............................104

Quadrilha..107

Despalavreado 110

Hoje, eu sonhei que....................................113

O guardião imperial do xixi 117

Diálogos em Londres 119

Diálogos em Londres II 122

Notinhas 125

Mais notinhas...128

Notinhas no ônibus 130

Carta para tia Tita 133

Prefácio

O CRONISTA É UM SER QUE SURGE DE TEMPOS EM tempos e nos alerta para as situações patéticas e ridículas a que estamos sujeitos cotidianamente. Ele nos faz rir e chorar dos nossos comportamentos e sentimentos. Ele é um descritor da realidade, que cruelmente espelha a existência imediata. Algumas vezes, ele se coloca no centro da cena, em outras, na plateia, mas sempre se porta como um observador atento e mordaz das incongruências.

Os textos de Anderson Novello se alinham com os dos melhores cronistas nacionais da contemporaneidade. Escritor de instigantes livros infantis, neste seu novo trabalho ele se apresenta irônico e sensível ao narrar experiências pessoais únicas ou já vivenciadas de modo similar por muitos, levando-nos à reflexão sobre alguns momentos absurdos da vida.

Rosemeire Odahara Graça
Professora da Faculdade de Artes
da Universidade Estadual do Paraná

Sobre rapaduras e meteoros

GANHEI UMA RAPADURA. VINDA LÁ DAS MINAS Gerais. Pequeno mimo de uma amiga que, estando em terras mineiras, lembrou-se de mim. Só esqueceu que eu não gosto de rapadura.

Não tendo conhecimento de nenhum admirador de rapadura por perto, comecei a pensar sobre o destino que daria ao suvenir... e ocorreu-me publicar nas redes sociais a foto da dita-cuja, explicando o caso e oferecendo a rapadura a algum possível interessado. Pensamento que foi logo interrompido pelo medo da polêmica que essa ação, aparentemente inocente, poderia desencadear.

Da galera *fitness*, eu receberia manifestações de preocupação com minha saúde, acrescidas de comentários do tipo: "Depois reclama da pança. Cuidado!"

Por outro lado, alguns constatariam que "tem tanta gente passando fome no mundo e você desprezando uma rapadura…" e mencionariam o trabalho escravo na China.

Alguns, mais espiritualizados, me alertariam de que fazer caridade e depois publicar nas redes sociais é só para quem quer se exibir, chamar a atenção e pagar de santinho. E eu aprenderia que a caridade deve ser feita em silêncio.

Outros me chamariam de fresco, citando o Levítico e dizendo que Deus criou o homem e a mulher – e não o homem e a rapadura. Mais um pecado para minha coleção.

Outros gritariam que preferem "coxinha" e receberiam respostas afiadas daqueles que preferem "mortadela" – e o caos se instalaria nos comentários de minha postagem. Eu ficaria tenso tentando mediar os conflitos e explicando didaticamente que não, ninguém precisa comer a rapadura. Nem brigar.

Haveria ainda aqueles que, envergonhados de admitir publicamente suas fantasias, me chamariam no *inbox* e confidenciariam seus relatos mais secretos e exóticos, envolvendo a participação especial da iguaria.

Haveria, também, um ou outro comentário avulso me xingando de pobre e questionando meu paladar. Ou me mandando ir carpir um quintal, já que postar a foto de uma rapadura é total falta do que fazer (embora comentar a postagem não o seja).

Não vamos esquecer, também, aquele parente distante que, ignorando o conteúdo da postagem, comentaria: "Ligue para sua tia quando puder".

Aleatoriamente, alguns comentários surgiriam tentando convencer a todos que a culpa por toda a situação é, na verdade, da chuva, da prefeitura, do governo, dos baixos salários, da péssima distribuição de renda, do desemprego. Respondendo a esses, alguns iniciariam uma discussão sobre a legitimidade – ou não – do atual governo. E concluiriam, heroicos: só vai resolver com um meteoro!

Essa vida virtual é doce, mas não é mole.

Das dificuldades de tomar um café

— **EU VOU QUERER UM CAFÉ MÉDIO COM LEITE.** Para viagem.

— Seu café será um *mocha*, *cappuccino* italiano, *macchiato* ou com *chantilly*?

— Café mesmo. Desses em que a gente usa coador e água.

— O.*k*.! Um simples. Coado ou expresso?

— Simples.

— Descafeinado?

— Não. Com cafeína. Muita. Ou eu iria preferir um chocolate quente.

— O senhor vai preferir um chocolate quente, senhor?

– Não. Um café simples.

– O.*k*., senhor. Com leite?

– Isso.

– Integral, semidesnatado, desnatado, sem lactose, baixa lactose, leite de arroz, leite de coco, leite de cabra?

– De vaca. Dessas que fazem "muuuu" e balançam o rabo.

– O.*k*.! Leite integral de vacas holandesas. Prefere o leite das vacas criadas em regime de confinamento e ordenhadas mecanicamente, ou das vacas criadas livres no campo, em fazendas de pequenos produtores, que passam o dia ouvindo Beethoven?

– As confinadas passam o dia ouvindo o quê?

– *Funk*.

– Tanto faz, pode ser de qualquer uma.

– Ambas comem ração transgênica, tudo bem para o senhor?

– Tudo bem.

– Com açúcar refinado branco, mascavo, orgânico, demerara, adoçante com aspartame, açúcar do Himalaia, açúcar de confeiteiro, açúcar cristalizado, estévia ou o novo "mamãe passou açúcar em mim"?

– Sem açúcar.

– Na xícara, no copo ou no descartável?

– É para viagem. No descartável.

– De plástico ou de isopor?
– ...
– Senhor? Plástico ou isopor?
– Meu horário de intervalo acabou. Não vai dar tempo. Vou ter de levar uma Coca-Cola mesmo...
– De 300, de 600, de 1 litro, de dois litros?
– De 300.
– Latinha ou garrafa de vidro?
– ...
– Senhor? Aonde o senhor está indo?
– Pelo amor de Nossa Senhora da Bicicleta Sem Roda, me deixe em paz.
– Senhor?
– Eu imploro. Por misericórdia.
– Senhor, para desistências, temos uma taxa de dois reais. O senhor pode pagar no dinheiro, crédito, débito ou vale-alimentação, nas seguintes bandeiras...
– ...
– Senhor? Volte aqui, senhor... Senhor?

Senhas e filas

A FILA ESTAVA ENORME.

Apenas um caixa funcionando. Arranquei o papelzinho: senha 240.

Estavam atendendo a 199.

Sem livros, sem celular, sem uma companhia para reclamar. Cem anos de solidão.

Qualquer coisa – até simular um desmaio – parecia melhor. Com medo de enfrentar uma fila ainda maior (a do SUS), resolvi respirar. Digo, aguardar.

Até a senha 210, revi meus pecados (e também os dos meus amigos) e me arrependi fervorosamente por todos. No caso de algum deles estar ocupado fazendo coisa mais interessante (do tipo tirar catota do nariz), eu mesmo já me confessei, me arrependi, me redimi. Amigo é, também, para essas coisas, obrigado, de nada. Supliquei por proteção, sanidade mental e paciência.

Até a senha 220, observei as feições dos companheiros de espera, fingi ler pensamentos e fantasiei causos e destinos para cada um. Havia até uma moça que, imaginei, resolveu ficar na fila apenas para fugir um pouco da presença desinteressantíssima do próprio marido.

Até a senha 230, senti falta da infância. Naquele tempo, a maior fila que se enfrentava era a do lanche, na escola. E as merendeiras eram ágeis e o recreio todo (incluindo alimentação, brincadeiras, conversas, brigas e ida ao banheiro) levava 15 minutos.

Até a senha 238, fiz listas mentais: maiores tretas da vida, piores pessoas que tive o desprazer de conhecer, melhores bandas dos anos 1980, melhores cantoras. Por onde andará a Luka? Tô nem aí...

Na senha 239, um filete de suor escorria de minha testa. Não era calor: era nervosismo. Nesse momento, a moça do caixa derrubou sua caneta no chão.

Tudo pareceu ficar suspenso. Não havia mais tempo nem espaço. Apenas o silêncio, a presença ardida do sol lá fora e uma folha sendo ventada e barulhando pela calçada.

Uma senhora, testemunhando minha ansiedade, sentou-se ao meu lado e perguntou:

– O senhor teria um minutinho para ouvir a palavra de Jeová?

– Sim.

Ela destrinchou o Antigo Testamento enquanto a moça do guichê retornava de sua expedição (a qual batizaremos de "Cem dias embaixo da mesa") e de onde resgatou sua insubstituível caneta. Amyr Klink que se cuide.

Finalmente, a atendente apertou o botão vermelho, que chamaria a próxima senha.

E o número reluziu no painel:

– CXPBH19K8

Sacou?

BEM-VINDO AO CAIXA ELETRÔNICO DE SEU BANCO!

Para sacar dinheiro da própria conta-corrente é supersimples!

– Insira seu cartão.

– Digite sua senha de quatro dígitos.

– Digite o dia e o mês do seu aniversário e o horário do seu nascimento.

– Confirme seu signo, ascendente e Lua.

– Digite a chave de segurança do aplicativo do seu dispositivo móvel.

– Digite a data de aniversário de casamento da sua professora da 3ª série.

– Coloque seu indicador direito no leitor biométrico e responda: quantos patinhos foram passear além da montanha para brincar?

– Digite a data em que Sheila Mello foi eleita a nova loira do É o Tchan!, de acordo com o Calendário Maia.

– Responda: qual o nome do casal protagonista da canção *Eduardo e Mônica*?

– Inspire pelo nariz e solte pela boca.

– Agora, senhoras e senhores: ponham as mãos no chão, pulem em um pé só, deem uma rodadinha. Cabeça, ombro, joelho e pé. Joelho e pé.

– Saque realizado com sucesso!

Alô? Moacyr?

O TELEFONE RESIDENCIAL TOCA.

"Deve ser minha mãe", penso. A única pessoa que tem meu número. Atendo.

Do outro lado da linha, um "Oláááá!!!" muito animado.

"Quem será, tão efusivo, em plena segunda-feira?", penso.

"Aqui é o Moacyr Franco", a voz continua, entusiasmada, dizendo que meu número foi sorteado para ganhar um desconto de 50% na compra do fantástico Ômega 3.

Fiquei curioso em saber como fui sorteado sem ao menos ter me cadastrado. Melhor: eu nunca, em toda minha existência, movi nem sequer um cílio demonstrando interesse pelo assunto.

Sem contar que não é todo dia em que o Moacyr Franco lhe telefona e, dada a raridade da situação, você espera que ao menos ele o recepcione cantando "Muito prazer em revê-lo, você está boniiiiito, muito elegante, mais jovem, tão cheio de viiida". Era o mínimo. Mas, que nada, nem isso!

Era meio-dia. Eu havia acabado de chegar do trabalho. Fogão ligado, almoço em andamento. Tentei dizer-lhe que esperasse um pouco, pois, infelizmente, naquele exato momento, todos os meus atendentes estavam ocupados. Creio que ele não deve ter me ouvido, pois continuou a falar sobre os benefícios da fantástica promoção, em cima do que eu tentava dizer – o que achei indelicado. Em um ímpeto, tive vontade de divulgar minha palestra que aborda a "arte da escutatória", explicar que é bonitinho silenciar quando o coleguinha tenta falar, cada um tem sua vez, entre outros.

"Tudo bem", pensei. Vou deixá-lo ouvindo uma musiquinha (espero que ele curta Cássia Eller). Fui para o fogão cantarolando baixinho: "Daquele maldito momento até hoje sóóóóó voooocêê".

Três músicas depois, imaginei que seria uma boa hora de voltar à ligação para pedir que ele anotasse um número de protocolo de atendimento, talvez agendando um horário mais adequado para uma ligação tão importante como aquela.

Qual foi minha surpresa quando, ao retornar à ligação, percebi que... ele... já... havia desligado!

Puxa! Logo eu – que já tive que esperar bem mais do que três músicas (e nem eram da Cássia Eller) para ser atendido em absolutamente todos os serviços de teleatendimento de que já precisei nesta vida – ter de enfrentar a impaciência e o desdém do Moa.

"Tudo bem", pensei. É segunda-feira e, assim como eu, ele deve ter mais o que fazer.

Coloquei o telefone no lugar e dei uma olhada em minha agenda da semana.

"Vai ser preciso muita disposição", pensei, suspirando. Quem sabe um complemento de Ômega 3 para dar uma energizada. Tomara que o Moacyr retorne a ligação.

Domingo sozinho

Versão Redes Sociais

VOCÊ ACORDA. SEM PRESSA, SEM SUSTOS, SEM despertador. A pia está limpa e a geladeira está cheia. Você prepara um delicioso e saudável café da manhã, espreguiçando-se gostosamente ao som de uma *playlist* de *jazz*.

Na noite anterior, você tomou um reconfortante banho quente, vestiu um pijama confortável, assistiu a uma comédia romântica, tomou chá e meditou antes de ir para a cama. Você teve o sono dos deuses.

Se tudo estivesse sendo filmado, viraria um perfeito comercial de margarina.

Você sai para dar um passeio pelo bairro. Ainda vai dar tempo de terminar aquele livro sensacional e assistir a um episódio de sua série preferida.

Foco, força e fé! A segunda-feira está chegando cheia de desafios. Você e seu chefe formam uma imbatível equipe de águias.

Seu semblante está leve e sua pele está ótima. Você tira uma *selfie* lindíssima, digna de ser capa da *Vogue* italiana e posta, desejando uma abençoada noite a todos. Na legenda, uma linda reflexão sobre seguir os seus sonhos.

Versão Vida Real

Você acorda. Torto, dolorido e assustado, pois dormiu no sofá da sala. A pia, transbordando de louças, está com vazamento há duas semanas. Você come uma fatia de mortadela seca e rói uma bolacha murcha de água e sal. É o que tem na geladeira. Tenta se espreguiçar, mas as costas doem. Dói o pescoço, dói a cabeça. A música alta vem dos vizinhos. E não é boa.

Na noite anterior, você tomou uísque e ouviu Maria Bethânia, afundado em amarguras. Só não fumou três maços na sacada porque seu apartamento não tem sacada. E porque você não fuma. Dormiu com a TV ligada e os gritos, os tiros e os exorcismos do filme que passava se misturaram com seus pesadelos. Sua vizinha do andar de cima marchou de salto *toc toc toc* para lá e *toc toc toc* para cá madrugada adentro.

Se tudo estivesse sendo filmado, viraria um documentário sobre a vida na selva.

Chove lá fora. Nem um passeio pelo bairro será possível. Você só tem forças para se arrastar até a cama, não sem antes enroscar o dedinho do pé (gelado) na quina de um armário.

Amanhã é segunda-feira e você não tem certeza se vai sobreviver mais uma semana sem voar na goela do seu chefe.

Você não tira uma *selfie*, pois sua cara está desorganizada e parece ter sido moldada com um tamanco. Em sua *timeline*, há uma galera se esforçando para passar vergonha. Você compartilha um *meme* com uma indireta falando sobre a imbecilidade humana. Quem deveria nem vai ler.

Domingo em família

Versão Redes Sociais

O RESPONSÁVEL DA SEMANA FEZ AS COMPRAS COM antecedência e as despesas foram divididas em partes iguais. Na geladeira, há bebidas extras e sobremesas.

Todos colaboram de alguma maneira para o feitio da comida. Quem não sabe cozinhar ajuda a lavar a louça.

Enquanto cozinham, relembram histórias do passado, como aquela visita surpresa dos parentes em 1985.

– Rá, rá, rá, que hilário e que saudades – comentam.

O almoço é servido. Todos usam talheres e mastigam cada garfada 32 vezes antes de engolir.

O menino de três anos mastiga com a boca aberta, mas é imediatamente advertido – com firmeza e amorosidade – pela mãe. Ele absorve a instrução com a elegância de um pequeno príncipe – e nunca mais volta a cometer tamanho despropósito.

Louça lavada e casa limpa, cada convidado vai discretamente se despedindo e indo embora.

A avó, dona da casa, merece descansar.

Versão Vida Real

Faltando quinze minutos para o almoço, um Opala estaciona na frente da casa. De dentro dele, saem catorze parentes, um triciclo e um Pinscher. Vieram sem avisar.

– Surpresa! A última foi em 1985, lembram?

O motorista da expedição, muito solícito, diz que não é preciso se preocupar, pois ele trouxe meio quilo de carne moída para fazerem uma macarronada.

A avó, dona da casa, tem uma queda brusca de pressão. As filhas apressam-se em abaná-la dizendo que não vai faltar comida.

O gás acaba e o que se vê dali para frente é um tropel de gente pela casa, com os braços erguidos e as mãos na cabeça. Alguém grita que o número do entregador de gás está no ímã da geladeira.

O reizinho de três anos anda com o triciclo dentro da casa, apesar do quintal imenso lá fora.

O Pinscher gruda os dentes em uma das pantufas da avó e é arrastado para lá e para cá, tremendo e rosnando.

A sobrinha que é dona do Pinscher grita dizendo para não machucarem o Tadeu, tadinho.

Alguns adolescentes da expedição estão com a cabeça baixa, olhando para o celular, desde o momento em que desembarcaram do Opala. Só se ouviu a voz de um deles perguntando a senha do *wi-fi*.

Uma das tias da expedição trouxe sabonetinhos decorados para vender. A sobrinha adolescente tem um ataque de riso dizendo que nunca viu algo tão cafona na vida e, pela sinceridade, passa o restante da tarde de castigo.

A avó coloca a vassoura de ponta-cabeça atrás da porta, na esperança de que a simpatia funcione.

O reizinho de três anos, depois de derrubar alguns porta-retratos da estante, passa com o triciclo por cima do rabo do Pinscher.

Sogra e nora estão em uma discussão infinita sobre quem faz a melhor maionese.

O tio ricaço e engraçadão faz a piada do pavê, seguida da gargalhada de sua mais nova esposa, trinta anos mais nova, que comenta:

– Ai, só você mesmo, Princeso.

Uma das sobrinhas arregala os olhos até a nuca e a outra faz menção de colocar o dedo na goela.

Na sala, duas tias cochicham que a moça quer dar o golpe do baú no tio ricaço.

O entregador de gás chega. O Pinscher larga a pantufa da avó para rosnar atrás do entregador. O tio ricaço e engraçadão grita: "Ó o gás!!!" e acorda o recém-nascido que havia acabado de dormir.

O almoço é servido. O reizinho de três anos, quando descobre que não tem refrigerante, arma um berreiro. O vizinho da frente estica o pescoço pela janela, desconfiado de que estejam matando um porco a machadadas.

Uma das crianças sai da mesa tossindo macarrão pelas paredes, pois tem intolerância a macarrão.

A louça vai-se empilhando na pia e, enquanto a avó passa a tarde lavando tudo sozinha, primos e cunhados tomam cerveja e fazem comentários elaboradíssimos sobre política.

Ao final da tarde, o Opala enguiça e o chefe da expedição pergunta se há algum problema de todos passarem a noite ali.

A avó tem nova queda de pressão.

O Pinscher continua grudado em sua pantufa.

Corridinha na orla

Versão Redes Sociais

PONHO OS FONES DE OUVIDO E ESCOLHO UMA *playlist* encorajadora e *fitness* do *Spotify*. Deslizo de uma ponta à outra da orla, sem interrupções, troteando com a elegância de um cavalo puro-sangue com a crina balançando ao vento. Desperto olhares de homens, mulheres, crianças e animais de estimação. Todos pensam: "Uau!"

Ao fim do trajeto, aos pés do morro iluminado onde fica o Cristo com os braços estendidos, tiro uma *selfie* enquadrando a paisagem e o entardecer. Uma gotícula charmosa de suor escorre pela lateral de meu rosto, saudável e fotogênico. Posto a foto com uma legenda motivacional: "Siga seus sonhos".

Versão Vida Real

A lista aleatória da versão gratuita do *Spotify* toca *50 reais*. A cada três passos, cai o fone, ora do ouvido direito, ora do esquerdo. Desvio da mocinha do *roller*, desvio da família andando em procissão, desvio do buraco na calçada, desvio da criança desgovernada aprendendo a andar de *bike*. Antes mesmo de a primeira música acabar, diminuo o ritmo para não enfartar. As pessoas só pensam: "De onde fugiu esse ganso?". Ao final do trajeto, minha cara é a de quem sobreviveu a um atropelamento – e não permite *selfies*. O Cristo, antes com os braços estendidos, agora usa as mãos para esconder o rosto: está com vergonha alheia.

Labores e dissabores

ANSIOSA, A MENINA DE NOVE ANOS LEVANTA AS mãos. Ela quer fazer uma pergunta ao autor.

O autor – eu, no caso – estava participando de um bate-papo com leitores logo após o lançamento de meu primeiro livro.

A menina de nove anos aguarda que o microfone passe de mão em mão e chegue até ela e suas mãos – no caso, ansiosas.

Finalmente, a menina ansiosa de nove anos segura o microfone em mão. E, segura, dispara:

– Eu queria saber se o senhor vai querer ser sempre escritor, tipo, para o resto da vida? Ou um dia o senhor pretende achar um serviço de verdade?

E eu – autor, no caso –, que tenho bem mais do que nove anos, fiquei ansioso com a pergunta e tive vontade de levantar as mãos para o céu e clamar por socorro divino.

Quando a plateia parou de gargalhar, expliquei didaticamente que há várias formas de trabalho e que todas as profissões devem ser respeitadas. Aproveitei para enumerar os outros tantos trabalhos em que trabalhei, trabalho e trabalharei, além de escrever.

Com esse "causo" – ardido, de tão verdadeiro –, quero homenagear muitos amigos, todos bem próximos, que já ouviram perguntas que oscilam entre a inocência e o desrespeito.

Amigos contadores de histórias:

– Você cobra para contar histórias? Mas são só dezoito turmas. Vamos reunir todas no ginásio da escola. Não, não tem microfone.

Amigos artesãos:

– Nossa, que caro! Minha sobrinha faz bem parecidinho e cobra bem mais baratinho.

Amigos revisores de texto:

– Mas você cobra para revisar um textinho para mim? É entre uma ou duas laudas; no máximo, quinze. É rapidinho...

Amigos cantores e/ou músicos:

– Dessa vez, não tem cachê... mas você vai ver só como as portas vão se abrir depois desse evento.

Amigos *designers*, diagramadores, publicitários:

– Não temos cachê, mas vai ser uma baita projeção para sua carreira.

Amigos cozinheiros:

– É só uma macarronada, bem simples! Para trezentas pessoas.

Amigos atores:

(Aqui são tantas as frases, que eu não fui capaz de escolher apenas uma).

Amigos fotógrafos:

– Oi, amiga, quanto tempo! Estou lhe enviando o convite da festinha de três anos da minha filha. Sim, você acredita que já tenho uma filha de três anos? Você é convidada especial. Beijo. Ahhh... se puder, traga sua máquina profissional.

Amigos ilustradores:

– Nossa! Tudo isso? Então, vou pedir para minha filha fazer. Ela adora desenhar.

Amigos professores:

– *Profe*, você trabalha em algum lugar? Ou só dá aula?

A todos os amigos, dessas ou de outras profissões, que já tiveram seu trabalho questionado ou desrespeitado, fica aqui o meu mais sincero abraço de compreensão e apoio.

Sim, este dia também é nosso! Feliz Dia do Trabalho!

Em tempo: quando escolho os exemplos dos amigos mais próximos para escrever essa crônica, não me esqueço daqueles que trabalham em condições insalubres, daqueles que trabalham em regime de escravidão ou, ainda, de quem não pode comemorar esse dia, pois está sem trabalho. Há muito o que ser consertado, ainda, neste mundo. Com o perdão do trocadilho: há muito trabalho pela frente. Que cada um possa exercer o seu com dignidade. Sigamos!

Primeira aula de zumba

A META PARA O ANO-NOVO ERA, SÓ PARA LEMBRAR, fazer algo diferente.

Já estamos em fevereiro, *o.k.*, vamos lá.

1ª música: Tranquilinho. Por que não tive a ideia de fazer essa aula antes? *Show*. E essa mocinha descoordenada na minha frente? Não acerta uma. Que mocoronga!

2ª música: Tenho a impressão de que meus movimentos estão um pouquinho atrasados. Mas deve ser só impressão.

3ª música: A mocinha da minha frente sabe dar giros e piruetas no tempo certo da música. *Wow*!

4ª música: Podemos começar com um tutorial? Do tipo: dois passinhos para lá, uma palma, respira?

Não tem algo mais folclórico, do tipo "zumba meu boi"?

5ª música: Agora eu sei como se sente um bezerro recém-nascido tentando andar.

6ª música: Vou ali tomar uma aguinha e já volto.

[...]

9ª música: Olá, pessoal! Posso pôr minha *playlist*? Adriana Calcanhotto? Não?

10ª música: Samba! Oba, vamos lá, adoro samba. Finge que tá pisando descalço no asfalto quente, sorri, acena.

11ª música: O professor parou de nomear os passos e incentivar a galera com os comandos. Agora, além de pensar nos movimentos, tenho de criar um nome para batizá-los: "Pulinho de canguru, rodopia, disfarça em três, bate palmas, cabelo de Joelma pra frente, Saci, Saci, repete" – não necessariamente nessa ordem.

12ª música: Daniela Mercury, olhai por mim. Padre Fábio de Melo, orai por mim. Ivete Sangalo, duvido que você nasceu sabendo.

13ª música: Ligaram o jogo de luzes. Oba, baladinha! Posso pedir um uísque? Cada um dança de seu jeito no *strobo*? Não? Cadê a criatividade, gente? Nada de movimentos industrializados em série... Vamos lá!

14ª música: Tá olhando o quê, menina? É a dança do cata-cavaco, eu que inventei. Está muito exibidinha para quem errou tudo na primeira música.

15ª música: Revendo as metas para o próximo ano. Vou ali olhar o horário das outras aulas.

É maromba que fala?

NADA COMO ACORDAR NO SÁBADO CEDINHO E disposto a retomar uma vida saudável.

Tomar um cafezinho preto sem açúcar e três sementes de alpiste.

E o friozinho de Curitiba? Ótimo para malhar. Daqui a um ano, estarei com a barriga tão trincada, mas tão trincada, que vão dizer: "Nossa, como você tem a barriga trincada", e eu não vou nem responder, porque estarei fazendo abdominais.

Olá, recepcionista, bom dia, pode liberar a catraca para mim? Sempre trava, não sei o que acontece. Sim, meu código é esse mesmo, fiz o plano anual, mas nunca venho, a catraca não está acostumada comigo, rá, rá, rá.

O.*k.*, vamos lá, uma esteira para aquecer... mas que estranho que essa TV só fica ligada em canal de futebol.

Hoje, é dia de peito e de costas, mano, vamos lá. É maromba que diz, né? Raça, time!!!

Que que foi, palhaça? Nunca viu um marmanjo de 1,84 metro erguer cinco quilos de cada lado no supino? Tive caxumba na infância, tenho medo de fazer força demais e "descer".

Sim, sim, já estou saindo do aparelho. Hummm... olha só! Ele é fortão ele!!! Parabéns! Colocou todos os pesos disponíveis. Quer que eu vá buscar mais alguns ali na outra esquina? Tome, ganhou um biscoitinho. De *whey*, claro. Mas vou ter de aumentar o volume de meu fone de ouvido, porque não tá fácil essa gemedeira.

Costas, vamos lá...

"Que que eu tô fazendo aqui"... um!

"Que que eu tô fazendo aqui"... dois!

"Que que eu tô fazendo aqui"... três!

Três séries de quinze repetições de: "que que eu tô fazendo aqui".

E a mocinha não vai sair do aparelho, não? Tá morando aí? Quer que eu segure seu celular um segundinho?

Abdominais, já?

O.*k.*

Que porcaria – um!

Que porcaria – dois!

Que %#@% – três!

Quatro séries de 25 repetições de "&¨%$#@*&".

O instrutor não está vendo aquela criatura se debatendo para entender o aparelho? Não, né? O papo deve estar ótimo com o outro instrutor... Vixe... derrubou os pesos. Sabia que iria dar *nhaca*...

Acho que não vai fazer diferença pular uns três ou quatro exercícios, né? Segunda-feira tô aqui de novo e reponho.

Olá, recepcionista, pode liberar a %¨$#*& da catraca para mim? Passa todo mundo: passa o *Oil Man* (curitibanos entenderão), passa o "veio" do saco, passa a Cuca, passa a Arca de Noé toda e, quando chega minha vez, trava. Sim, meu código é esse, eu paguei o plano anual, pago o plano anual desde 2005, mas foi pela última vez. Obrigado, de nada.

Curitiba é triste, hein? Frio e, agora, chuva. E eu sem guarda-chuva. Óbvio.

Na verdade – *torta de morango* – pode ser que leve um pouquinho mais de um ano – *cebolitos* – para conseguir – *coxinha* – ter uma barriga – *lasanha* – sarada. O que importa – *chocolate* – é ter saúde, né? Hoje – *sorvete* – o dia – *amendoim torrado* – está combinando mais com um filminho – *pastel* – e sossego – *pipoca*.

É infarto ou enfarte?

EU TENHO QUARENTA ANOS E INFARTEI.

Ainda nessa semana, quando disse em uma conversa que tinha quarenta anos, ouvi: "Nossa, não parece".

Nunca o ditado: "Quem vê cara não vê coração" fez tanto sentido.

Embora não pareça (na opinião generosa de alguns), eu tenho quarenta anos. E infartei.

Foram três crises em um mesmo dia.

A primeira veio com pouca intensidade. Apenas voltei a me deitar e me cobrir, culpando o frio.

A segunda, um pouco mais forte, veio com a dúvida:

– É infarto ou enfarte?

O *Google* me ajudou e, vejam, os sintomas coincidiam. Mas a gente não quer acreditar, correto? Correto!

Eu estava a pé e a três quadras de distância de casa quando a terceira crise veio. Intensa. Caminhei três quadras tendo crise e vendo os vultos da cidade a meu redor. Tudo cinza e preto e sem som.

Fui levado às pressas ao hospital e aqui ainda estou, escrevendo este texto. Não há muito o que se fazer além de ler, escrever e assistir à programação ruim da TV aberta quando se sai de uma UTI. Só não vou postar uma *selfie* porque meu cabelo está ofensivo, de tão feio.

– Seu Ân-der-sooon? Seu Ânderson? Seu Ânderson???!!!

– Quer me matar do coração, sua louca? Não, calma, não quis dizer isso.

– Sou a enfermeira da manhã.

– Hum.

– O senhor vai sentir uma pequena picadinha no braço...

– Aaiiii, minha Nossa Senhora das Dores, você faz essa carinha porque não tá doendo em você, né?

– Seu Ânderson, ainda não retirei a agulha da embalagem...

Três cochilos depois:

– Seu Ânderson?!?

– Huuuuuuum?

– Cê tá dormindo?

– Humm.

– Vim trazer seu lanchinho da tarde. Chá e um "pãozinho sabores".

– É o mesmo "sabores" de ontem?

– Sim, por quê?

– Porque o de ontem era sabor chinelo.

– Hoje, veio com uma manteiguinha extra.

– Manteiga extra? Por que não entope as veias que sobraram com paçoquinha?

– Ai, seu Ânderson!

– O preço da gasolina já baixou?

– Ihhhh, gente, chamem reforço, ele está delirando...

Na madrugada:

Imaginem um som de "A" durante dez segundos e aumentando de volume e intensidade:

– Aaaaaa... AAAAAHHHHHH!

As enfermeiras apressam-se para ajudar. Era apenas meu vizinho de cama bocejando.

No silêncio da mesma madrugada:

Barulho de mangueira escapando do cilindro de ar:

PUSSSSSSSSSHIIIIIIIIIIIIIIIIIIIIIII!

– Acordei o senhor de novo, seu Ânderson? Desculpe... escapou aqui.

– Você atrapalhou a minha passagem.

– Que passagem?

– Desta para a melhor. Cheguei a me encontrar com Cher em um corredor de luz.

– A Cher está viva, seu Ânderson.

– Jura?

– Juro. Pode voltar a dormir.

Enfim. Eu tenho quarenta anos e infartei.

Não foi nada bonito nem fácil. Mas, se agora escrevo este texto brincando com a situação, é porque tive acesso ao celular (depois de 48 horas) e li, emocionado, inúmeras mensagens com manifestações de carinho de amigos e familiares. Devo a vocês todos a minha primeira noite de sono, feliz e tranquila, depois do desespero. Recebi até flores, deixadas na recepção do hospital com um bilhete anônimo:

"Tudo vai dar certo".

Assim espero. Amém.

No hospital, você ouve

NO HOSPITAL, VOCÊ OUVE:

Coisas que preferiria não ouvir:
– O seu George, do quarto 14, veio a óbito.

Fragmentos de histórias que o deixam curioso:
– Se ele tivesse chegado aqui quinze minutos antes...

Tristezas observadas por uma enfermeira:
– Não veio ninguém da família visitar hoje, seu Antônio?

Coisas que realmente preferiria não ouvir:
– Não deu, já chegou com as vísceras de fora...

Visitas quase mudas:

– Oi, vô.

Meia hora depois, desviando rapidinho o olhar do celular:

– Tchau, vô.

Provas de amor:

O pai enfermo dizendo ao filho que lhe dá comida na boca:

– Pode comer você, filho, está com mais fome que eu.

Diálogos sinceros:

– Desde quarta-feira, não vejo a luz do dia.

– Nós também não, querido. Estamos em Curitiba.

Pérolas da sabedoria:

– Pra morrer, basta estar vivo, né?

Enfermeiras objetivas:

– Tem de lavar o sovaco, seu Jair.

Planos de fuga:

– Um dia, eu vou fugir daqui.

– Vai pra onde, seu Roberto?

– Pra casa.

Ah, seu Roberto! Como eu o entendo...

Níveis de amizade

CATORZE DIAS NO HOSPITAL É TEMPO SUFICIENTE para conhecer melhor os amigos. E sacar os diferentes níveis de amizade.

Aqueles que o conhecem bem:
"Quer que eu lhe leve uma coxinha?"

Os cautelosos:
"Quer que eu lhe leve uma coxinha vegana?"

Os que apelam:
"Quer que eu lhe leve uma coxinha de jaca?"

Aqueles que sabem como confortar uma angústia:

"Você sabe que a maioria dos que enfartam em sua idade morrem, né?"

Os que gostam de contar histórias:
"Tive um tio que enfartou. Que Deus o tenha!"

Os esotéricos:
"Amigo, se cuida! É Júpiter passando por Escorpião."

Os espiritualizados:
"Rezei tanto por sua saúde, amigo!"

Aqueles que terceirizam a fé:
"Eu não sei rezar, mas mandei minha vó rezar por você."

Os que não perdem o foco:
"Ai, amigo, não pude visitar você, tive treino na academia."

Os interestaduais:
"Pena que enfartou em Curitiba. Se tivesse enfartado no Rio, eu o ajudaria."

Os metidos a Dr. House:
"Desconfio de que foi hipercolesterolemia familiar."

Os práticos, objetivos e sinceros:

"Espero que melhore antes de agosto. Não tenho quem colocar em seu lugar naquela palestra."

Os ressuscitados:

"Oi, fiquei sabendo o que aconteceu. Fui sua colega de turma na pré-escola, lembra?"

Os amigos de longa data que, de repente, desaparecem:

"[...]"

Há, ainda, os que encontram espaço na agenda para uma visita. Que lhe oferecem companhia e bom papo. Que lhe levam livros, revistas e palavras cruzadas. Que lhe levam frutas. Que lhe levam roupa limpa e produtos de higiene. Que dão dicas de vídeos e músicas. Que monitoram seus dias ao vivo ou por mensagem de texto, via celular. Que agendam cafés e papos pós-alta.

E que fazem crescer o afeto pela presença, pela preocupação e pelo carinho sincero.

O que entope o seu coração?

UM CORAÇÃO NÃO ENTOPE APENAS COM GORDURA.
Entope quando você percebe que a estupidez dos governantes de seu país já ultrapassou todos os limites.

Entope quando você, em nome do dinheiro, segue uma carreira com a qual não se identifica.

Entope com o assédio moral de um chefe tirano que você, por medo de perder o emprego, aguenta por longos anos.

Entope com as tristezas que ninguém ouviu e você engoliu.

Entope quando você, por medo da solidão, insiste em permanecer ao lado de alguém que não torce por você e despreza suas pequenas conquistas.

Entope quando você precisa sempre vencer uma discussão, mesmo sabendo que algumas palavras também matam.

Entope quando sua sede por criticar é maior que sua capacidade de incentivar.

Entope com fofoca.

Entope quando você expõe o outro para tentar esconder as próprias mentiras.

Entope quando você agride gratuitamente um desconhecido nas redes sociais, mais pelo prazer e pela facilidade da agressão do que pela disposição em compreender, interpretar e argumentar sobre uma ideia contrária à sua.

Entope quando você percebe que os anos passaram, mas os rancores ficaram.

Entope quando o perdão não é praticado.

Entope com as palavras de afeto que você não aprendeu a dizer.

Entope com o remorso daquele abraço que você não deu e das pazes que você não fez. E agora é tarde.

Um coração não entope apenas com gordura.

O que entope o seu coração?

Embolado

ESTOU EM SÃO PAULO (SP).

Aparentemente feliz.

Fui à confeitaria.

Em vez de coxinha, "vou querer um pedaço desse bolo".

Na saída: "São 23 reais".

(Juro por Nossa Senhora da Forma Untada que só comi um pedaço.)

Ergui os dois braços para cima e disse:

"Pode levar tudo, mas não machuque meu filho".

Aí lembrei que não tenho filho.

Paguei os vin-te-e-três reais.

Uma lágrima escorreu.

Voltei para casa resfolegante, atrás de minha bombinha de asma e de meu remédio de diabetes.

Aí lembrei que não tenho asma.

Nem diabetes.

Estou deitado.

Estou confuso.

Amanhã é um novo dia.

Freios

É DOMINGO NA AVENIDA PAULISTA.

O menininho pedala faceirinho em sua bicicleta de rodinhas.

O pai vem atrás, cuidadoso, em sua bicicleta maior e sem rodinhas.

O menininho freia. O pai diz, em altos brados:

– Não freia, não freia, filho! Lembra que lhe falei pra não frear? Se você frear, alguém que vem atrás o atropela e passa com a roda em cima do seu pescoço. Aí você morre, e aí eu quero só ver!

Nada como uma educação inspirada em bons alertas.

O contador de dias

– EU VOU LHE DAR UM PRESENTE QUE VOCÊ VAI amar! É fantástico! Mas vai levar quinze dias para chegar.

Essas foram as palavras que minha irmã disse a um menino de seis anos, no início dos anos 1980, em uma cidadezinha do interior do Paraná. Minha irmã, Maria, queria ser professora. A cidadezinha era Palmeira. E o menino era eu.

Acreditei prontamente na promessa. E me transformei em um metro e pouco de expectativas.

Minha irmã cursava Magistério e, acredito, via em mim uma pequena cobaia na qual seria possível testar alguns de seus recentes aprendizados. Além da noção sobre a importância do estímulo à leitura, acredito também que ela tinha ciência sobre o delicioso perigo que é cutucar com vara curta a curiosidade de uma criança. Daquela promessa em diante, se eu fosse uma palavra, seria ansiedade. Se eu fosse um personagem, seria o insistente Burro do filme *Shrek*.

– Falta muito para quinze dias?
– Faltam quinze ainda.
– Como assim?
– Querido, eu lhe falei do presente hoje de manhã. É meio-dia e meia.

Percebendo que iria ser interpelada com certa frequência, ela achou por bem me apresentar o "Calendário de 1983" e me ensinar a fazer um "X" em cada número, todos os dias, sempre depois do jantar. Quero imaginar que, já no primeiro dia, tive o ímpeto de assinalar mais números, como quem pudesse fraudar a própria passagem do tempo. Quero imaginar, também, que minha tentativa de autoengano foi imediatamente repreendida. Se fosse um filme, certamente eu seria *Forrest Gump: o contador de dias*, ops, digo, *de histórias*.

O fato é que os quinze dias demoraram a passar, mas passaram.

O tal presente veio das mãos do carteiro: um envelope de plástico cinza, em meu nome, com seis revistas em quadrinhos dentro. Era uma assinatura da Turma da Mônica.

Não sei como uma criança de hoje em dia controlaria a própria ansiedade por mais de, digamos, trinta segundos. Muito menos imagino que tipo de reação ela teria ao receber o mesmo presente.

Talvez com alguma curiosidade inicial:

– Não tem bateria?

Talvez com alguma falsa tentativa de demonstrar interesse:

– Adorei. Será que o Chico Bento tem *Instagram*?

Talvez com uma desconcertante honestidade:

– Não tem nada do Felipe Neto no envelope? *Hashtag xatiada.*

Pois bem: para a alegria de Mauricio de Sousa, eu não era uma criança de hoje em dia, era uma criança dos anos 1980, de uma cidadezinha do interior do Paraná, sem brinquedos eletrônicos, sem celular, sem redes sociais, sem computador, sem internet, sem *Youtube*, sem lenço, sem documento. Então, para aquela criança, o presente funcionou. E funcionou tal qual foi anunciado: "Você vai amar!", "É fantástico!".

A partir dali, como ainda não era totalmente alfabetizado, eu comecei a ler as imagens e a inventar minhas narrativas. E, a cada novo grupo silábico aprendido na escola, as informações eram imediatamente conferidas nas histórias de Mônica e sua turma. O fato é que essa conferência facilitou e acelerou meu processo de alfabetização.

Quase vinte anos depois desse episódio, na dedicatória de minha dissertação de Mestrado em Literatura, veio o reconhecimento: "Para minha irmã Maria, que despertou em mim o amor pelas palavras".

É um amor que tem atravessado os anos e iluminado minha caminhada: das aulas de Língua Portuguesa do Ensino Fundamental à recente jornada como autor de livros de Literatura Infantil.

E se estou, há tantos anos, "em um relacionamento sério com a palavra", é graças a uma crença pessoal de que o amor, para perdurar, precisa de constantes reparos, atenções, carinhos, frescores e atualizações quase diárias.

Ainda hei de lançar um livro de crônicas. Quem sabe, dessa forma, em uma tentativa poética de perpetuar o amor pelas palavras que minha irmã ajudou a despertar em mim, eu possa ajudar a despertá-lo e replicá-lo em uma nova geração de leitores.

Mauricio de Sousa que se cuide.

Obrigado, professora!

"COM QUEM VOCÊ TEVE AULA DE PORTUGUÊS DA 5ª até a 8ª série?"

Se você fizer essa pergunta na cidade de Palmeira (PR), principalmente para a geração que "estudou no Ginásio" durante a década de 1980, a resposta provavelmente será:

"Com a professora Maria Luci Kapp".

Foram cinco aulas por semana durante quatro anos.

Ela estava sempre lá: pontual, coerente, organizada. E, se de nós exigia algum capricho, era evidente que, antes, cobrava tal atributo de si mesma.

"Diva" da gramática, era incansável na missão nada simples de nos fazer entender períodos compostos.

Em dias de prova, em silêncio, rogávamos clemência à Nossa Senhora da Análise Sintática.

Nos bastidores, por vezes, ela me emprestava livrinhos da Coleção Vaga-Lume: *Tonico*, *Tonico e Carniça*, *Um cadáver ouve rádio* e *Zezinho: o dono da porquinha preta*. Nos bastidores, um leitor se desenvolvia, à revelia da falta de grana para comprar livros ou da inexistência de uma biblioteca em casa.

Hoje, quase trinta anos depois, às vezes, penso como ela teve tanta paciência conosco. Como se sabe, sujeitos naquela idade escolar nem sempre seguram o verbo ou controlam seus predicados.

No dia da formatura da 8ª série, lembro-me de seu abraço e de seu comentário:

"Você é um bom aluno. Bom aluno, para mim, é aquele que sempre tira acima de 8,5".

E eu só soube dizer:

"Obrigado, professora".

Foi por isso que, em 2016, quando lancei meu primeiro livro – *A bruxa do batom borrado* –, quis presenteá-la com um exemplar, achando que essa seria uma forma simbólica de agradecer e de dizer que sim, seus esforços repercutiram de forma positiva na vida de muitos alunos.

Minha amiga Carla N. Kapp, gentilmente, acompanhou-a na sessão de lançamento do livro. Entreguei o livro e disse:

"Espero que não encontre nenhum erro de gramática. Preciso tirar pelo menos 8,5".

E ela respondeu:

"Em você eu confio."

Pois é. Trinta anos depois e eu, marmanjo, continuo sabendo dizer apenas:

"Obrigado, professora!"

Carta para Papai Noel

QUERIDO PAPAI NOEL,

Eu sei, eu sei. Não tive um comportamento exemplar neste ano.

Já sou bem grandinho e ainda não aprendi a me alimentar direito, sem compulsões. O.k., digamos que você não seja a pessoa mais indicada para trocar uma ideia sobre esse assunto ou com alguma moral para me repreender. Quem sabe procuramos apoio juntos no próximo ano? Caso conheça algum grupo de pessoas em fase de abstinência de café, coxinha e chocolate, avise.

Não vamos ser hipócritas: meu comportamento não foi nada exemplar. Não a ponto de merecer presentes ou recompensas.

Mas sei de gente, por exemplo, que contaminou quilômetros e quilômetros de rios e foi presenteado com a impunidade (com, no máximo, um puxãozinho de orelha). Então, eu me senti no direito de fazer minha listinha de pedidos.

Primeiramente, pensei em pedir governos menos desgovernados (que tirem da pauta, por exemplo, bater em professores ou fechar escolas), mas aí lembrei que você é apenas o Papai Noel e não aquele Santo das Causas Impossíveis, o Expedito.

Depois, pensei em pedir que você conscientizasse os "representantes do povo" de que a palavra política carrega em si a noção de coletividade e que, assim sendo, é bem desagradável se eleger para governar em causa própria (ou ficar de encrenquinhas partidárias) e deixar os interesses da coletividade na mão. Sem querer subestimá-lo, mas essa nem o Expedito.

Pensei, ainda, em pedir que você enviasse uma partícula de lucidez à internet, sabe, só para tentar civilizar um pouquinho essa "terra de ninguém". Principalmente no espaço destinado aos comentários – comumente utilizado para manifestar repulsa a preconceitos e violências com, veja só, discursos preconceituosos e violentos. Mas confesso que fiquei com medo de uma reprimenda sua, do tipo: "Se não quer se estressar, não leia" – e preferi resignar-me.

Como "Vossa Nataleza" pode perceber, este ano não está fácil nem para fazer pedidos. Então, resolvi simplificar tudo e cheguei a uma listinha bem singela, de apenas três pedidos, que seguem:

– Menos motos barulhentas no trânsito;
– Mais motoristas que utilizem a seta;
– Créditos de celular que durem, honestamente, aquilo que é prometido pelas empresas de telefonia;
– Serviços de 0800 que realmente funcionem, sem que seja preciso anotar um número cabalístico de protocolo.

Escrevi três e pedi quatro. Sou de Humanas, me desculpe.

Acho que seria isso, por ora. Mas posso mudar de ideia até dia 25, fique esperto.

Do seu "parça" de pança,
Anderson

P.S.: Sim, minha mãe está bem, antes que pergunte.
P.S.II: Também te amo, ho ho ho.

Carta para Papai Noel, de novo, porque sim

QUERIDO PAPAI NOEL,

Estou com medo. Estou com medo, inclusive, de chamá-lo de "querido".

Qualquer manifestação de afeto tem causado estranhezas, rusgas e desconfortos por aqui.

De repente, pode brotar uma "Associação dos não queridos" ofendida com meu vocativo e disposta a mobilizar processos e abaixo-assinados contra mim, alegando calúnia e difamação.

Pois bem, vamos às fofocas, pois, mais rápido que seu trenó e suas renas, apenas a língua do povo. Soube, pela boca pequena, que você foi recentemente hostilizado em virtude da... (pausa dramática) cor da sua roupa. Sim! "Cor da sua roupa".

Pagaria para ver sua cara, na hora. Sim! Pois a minha caiu e rolou por três quarteirões e meio. Admita: você já desconfiava da imbecilidade humana, certo? Só não desconfiava, talvez, que um dia ela respingasse diretamente em você.

Envergonhado, peço desculpas. Além de nossa memória curtíssima, às vezes, somos assim: incoerentes, mal-agradecidos, confusos, hipócritas.

De minha parte, tenho uma única preocupação. Na verdade, é uma curiosidade: como você aguenta esse calor com uma roupa com mangas tão compridas quanto sua barba? Não coça? Não pinica? Sei bem que você está habituado à neve e, aqui nos trópicos, estamos experimentando uma pequena amostra do inferno (e, nesse caso, eu adoraria me referir apenas ao clima e à temperatura).

Vejamos a sua situação:

Você sempre aparece em uma época do ano muito propícia, concorda? Eu diria até que receptiva a sua chegada. Muita gente aproveitando o fim do ano para se arrepender de atitudes pouco louváveis. Muita gente praticando caridades. Muita gente de férias. Muita gente feliz porque recebeu seu 13º salário (tenho péssimas notícias sobre esse assunto, mas explico em outra carta).

Aí você chega, sempre boa-praça, distribui sorrisos, tchauzinhos e presentes. Deixa todo mundo com o coração aquecido e com vontade de se transformar em um ser humano melhor. (É certo que essa empolgação, por vezes, não dura uma semana. Mas não por isso vamos desvalidar seu jeito de contribuir.) A sua parte, você faz.

Acontece, querido (ops...), que o tempo que antecedeu sua chegada, este ano, foi muito turbulento. Não vou me submeter a tentar explicar. Apenas reforçar que a coisa degringolou de tal maneira, que até você entrou na dança.

Novamente, peço desculpas. E, caso haja algum resquício de tolerância com as nossas ingratidões, peço licença para fazer os pedidos deste ano. São pontuais:

– Manuais de reconciliação familiar;

– Apostilas de interpretação de texto;

– Detectores de notícias falsas;

– Dicionários;

– Desconfiômetros;

– Pílulas de empatia.

Traga muitas unidades de cada item. Centenas. Melhor: milhares.

E não precisa entregar a mim, nem a pessoas específicas. Podemos combinar de você deixar uma boa quantidade em pontos centrais e estratégicos de cada lugarejo. Quem quiser vai lá e pega.

Está facultado, a cada indivíduo, tentar melhorar-se como ser humano.

A mim, particularmente, além de uma unidade de cada item anterior (é sempre bom dar uma revisada), peço apenas saúde. Andei enfartando este ano e, vou lhe contar, não foi nada fácil. Não desejo tal infortúnio nem mesmo aos que hostilizaram a "cor da sua roupa" ou tentaram boicotar você.

Por falar em enfarte, você faz exames de colesterol com frequência? Olho para essa sua barriguinha (não se ofenda) e fico, deveras, preocupado.

Aguardo-te. Ho ho ho!

Um abraço,

Anderson.

P.S.: Estou com medo. Por mim. Por você. E pelo futuro. Sendo assim, se ainda houver tempo de um último pedido, traga-me um pouco de esperança.

Tim-tim! Um brinde!

VOCÊ EVITA, DURANTE ANOS, LIGAR PARA SUA empresa de telefonia celular.

Evita ao máximo, mas tem motivos: primeiro, porque nunca teve seus problemas resolvidos sem perder chumaços de cabelo; segundo, porque está amortecido pela quantidade de vezes em que foi ludibriado ou mal atendido.

Então, seu plano não é viver sem fronteiras. É viver sem brigas e estresses.

Mas um belo dia (não tão belo, é bem verdade) você se obriga a ligar, porque está explicitamente sem acesso ao sinal prometido, com a potência prometida (e pagos com antecedência).

Você liga e é atendido prontamente por uma gravação, que "oi, já te identifiquei" sabe seu número de telefone e sua região. Ela também sabe sobre excelentes planos que vão atender com louvor às suas necessidades. Ela vai, aos poucos, anunciando algumas opções. Você escolhe. A cada opção escolhida, a gravação vai ampliando e ampliando a quantidade de opções, para que você possa escolher. Tempo suficiente para ver brotar certa intimidade, pois, a cada vez que uma opção é selecionada, ela prontamente responde: "entendi". Você fica feliz por ser compreendido por uma gravação, já que vive em um mundo de incompreensões. Fica mais feliz ainda por perceber que ela lhe deu todos esses sinais sem que você precisasse subir em um poste de luz para o sinal pegar. Já são quase amigos. Arrisco dizer que ela só não fez comentários sobre meu time porque certamente já sabe que detesto futebol.

Se pudesse, certamente se ofereceria para vir aqui em casa tomar um café, para tentar legitimar uma falsa preocupação comigo, o cliente. E até posso imaginá-la, toda educada:

– Se quiser que eu lhe passe o açúcar refinado, tecle 2.

– Mascavo, tecle 3.

– Adoçante, 4.

– Mas temos um plano melhor para você: evite o açúcar.

A intimidade vai aumentando, e ela se aproveita da situação para me deixar plantado, ouvindo uma musiquinha. A mesma de sempre. Começo a desconfiar se realmente essa dissimulada me conhece tão bem, porque não colocou Adriana Calcanhotto para me acalmar ou para camuflar o tempo da espera.

Finalmente, você consegue ser transferido para um(a) atendente real, humano(a)! Não sem antes anotar um número quilométrico de protocolo e ser quase intimidado pela notícia de que, a partir dali, sua ligação "estaria sendo" gravada! Dou uma olhada rápida nos quatro-cantos da sala para conferir se não estaria também sendo filmada (vai que), já que acordei há pouco e ainda nem reconstruí a cara.

Então, você vê todo o encanto da intimidade – construída com a gravação após longos minutos de relação – desmoronar à sua frente, na primeira fala do(a) atendente humano(a):

– Bom dia, com quem estou falando?

(Como assim? Sou eu! Fui identificado agorinha mesmo, pela gravação, antes de anotar o protocolo de atendimento!)

– Qual número o senhor quer atendimento?

(O quêêê?!? Que traição!)

– RG, CPF, região, sobrenome da mãe.

(Respondo, embora engolindo em seco.)

– Foi bonzinho neste ano? Tirou boas notas? Usou "m" antes de "p" e "b"? Acentuou as proparoxítonas?
– Na maioria das vezes, sim.
– Em que posso ajudá-lo, senhor... Émerson?
– Anderson.
– Em que posso ajudá-lo, senhor Anderson?

Com algum esforço, tento resgatar na memória o motivo real de minha ligação. E exponho meu problema de forma sintética, direta, pontual, objetiva. Sinto-me traído demais para subjetividades.

– Senhor Anderson, nosso sistema está inoperante e só vai ser normalizado no prazo de 48 horas.
– Não estava inoperante há pouco, quando fui cobrado por uma ligação que fiz e tive de pagar antecipadamente pelas próximas que farei.
– Senhor Anderson, nosso sistema está inoperante e só vai ser normalizado no prazo de 48 horas.
– Se o sistema está inoperante e eu não vou ser atendido – nem ter meu problema resolvido –, por que tive de anotar um número de protocolo de atendimento?
– Senhor Anderson, nosso sistema está inoperante e só vai ser normalizado no prazo de 48 horas.

Fui ludibriado novamente. Eu ainda estava conversando com uma gravação.

– Mais alguma coisa, senhor?
– Sim, duas: tim-tim! E Feliz Ano-Novo!

Previsões para o ano-novo

DEZESSETE PREVISÕES PARA O NOVO ANO

1 – Já nas primeiras horas do dia primeiro de janeiro, pessoas dirão que "se lembram do ano passado como se fosse ontem, rá, rá, rá".

2 – Nesse mesmo dia, reportagens denunciarão as toneladas de lixo deixadas na orla das praias mais disputadas do Brasil, durante a virada do ano, por seus educados frequentadores.

3 – No dia 2, essas mesmas pessoas reclamarão da sujeira absurda das praias do Brasil: "Este país está cada vez mais sujo", dirão.

4 – Em fevereiro, haverá tretas entre os amantes X *haters* do carnaval. Na pauta, a objetificação do corpo feminino e a *performance* da "Globeleza".

5 – Haverá uma reportagem sobre o prefeito da cidadezinha do interior que cancelou o carnaval e investiu a grana em Saúde e em Educação.

6 – Nesse mesmo mês, irá ao ar uma reportagem sobre a volta às aulas. Uma mãe reclamará do preço do material escolar a um repórter da TV enquanto a filha de cinco anos, ao fundo, mexe em um aparelho de celular de última geração.

7 – Em março, ouviremos que: "Agora sim, o ano começou no Brasil".

8 – Em março, também, ainda encontraremos pessoas escrevendo teorias sobre Pablo Vittar e debatendo se ele/ela tem – ou não – talento. Outras pessoas estarão simplesmente alheias a essa discussão e preferirão ocupar o tempo simplesmente ouvindo e curtindo *playlists* com músicas de seus artistas favoritos.

9 – Em abril, haverá um debate inédito e interessantíssimo sobre o aumento exponencial do preço dos ovos de Páscoa. Também de forma inédita, algumas pessoas denunciarão a incoerência: uma barra de chocolate pesa mais que um ovo e é bem mais barata.

10 – Em maio, haverá engarrafamentos quilométricos nas principais estradas do País, na ida e na volta do feriado. Idem para todos os feriados do ano.

11 – Em junho, vai ter festa junina. Nas escolas, professoras ficarão irritadas com o comportamento dos alunos durante os ensaios da dança de quadrilha.

12 – Em agosto, ouviremos: "Chega o próximo ano, mas não termina o mês de agosto".

13 – Em setembro, "véspera" das eleições, acompanharemos bizarrices, baixarias e mentiras no horário eleitoral. Prevejo o surgimento de inimizades partidárias. Prevejo também um aumento significativo da desfaçatez, da cara de pau, da falta de caráter e da desonestidade da maioria dos políticos.

14 – Outubro vai ser tiro, porrada e bomba. E haverá indignação seletiva.

15 – Em novembro, haverá espanto pelas decorações de Natal que surgirão nas ruas e nos comércios.

16 – Em dezembro, se ainda existir emprego e 13º salário, prevejo desconforto e falsidade na revelação do amigo-secreto obrigatório da empresa.

17 – Nesse mesmo mês, vai ter gente postando retrospectivas do ano atual e gente arriscando previsões para o próximo ano.

Previsões individuais por *e-mail*.

Aceito cartão.

Minha oração para os anos-novos

QUE EU JAMAIS USE O SEU NOME PARA LUDIBRIAR aqueles que têm a capacidade de discernimento ainda menor do que a minha.

Que eu compreenda que até mesmo a fé e a espiritualidade são escolhas pessoais e que as crenças alheias não me dizem respeito.

Que eu não colabore para tornar o mundo um lugar hostil, asfixiante ou inabitável para ninguém.

Que eu tenha sempre a capacidade, mesmo que mínima, de interpretação de texto.

Que eu jamais escolha a facilidade do não pensar, a preguiça do raciocínio e o conforto das opiniões irredutíveis.

Que eu tenha a humildade de pedir perdão e a sabedoria de aprender com meus erros. Que eu saiba reconhecer as possibilidades de redenção e de reconciliação.

Que eu saiba proferir palavras de reconhecimento e de incentivo às pessoas que me cercam e que eu cale as minhas críticas, sobretudo aquelas que não me foram solicitadas.

Que eu não contribua para a disseminação de notícias falsas, fofocas ou ideias infundadas, apenas para esconder minha mediocridade.

Que eu não reforce nem perpetue preconceitos.

Que eu não desconte minhas amarguras, minhas frustrações e minhas infelicidades em conhecidos ou desconhecidos, sobretudo no trânsito.

Que eu possa sempre estar cercado de pessoas íntegras e afetuosas e que saibamos dar as mãos para enfrentar trancos e solavancos.

Que eu saiba me proteger do *tsunami* de hostilidades que devasta o mundo. E que eu não seja um babaca a mais a engrossar as estatísticas.

Que todos os meus passos profissionais possam trazer benefícios ao maior número possível de pessoas.

Que eu me sinta realizado pelas pequenas conquistas da vida, e que elas aconteçam com alguma frequência.

Que eu saiba sempre agradecer.

Obrigado e amém!

Primeira hora do dia

PRIMEIRA HORA DO DIA.

Diminuo a velocidade para não atropelar um cachorrinho que – educadamente – atravessa a faixa de pedestres.

Logo atrás de mim, uma distinta senhora, dentro de sua aeronave de luxo, com seu "cabelo-capota de Fusca esculpido no laquê" e sua maquiagem inspirada na Vovó Mafalda (na primeira hora do dia), gruda o dedo na buzina.

Olho pelo retrovisor.

Ela está esbravejando.

Não satisfeita, quando abre o sinal, ela emparelha sua aeronave ao lado de meu carro. Baixa o vidro e destrincha os mais distintos palavrões, provavelmente aprendidos nas mais distintas escolas.

E você, que nunca foi a favor de portar armas de fogo ou carregar uma foice embaixo do banco do carro, apenas res-pi-ra.

O dia está apenas começando.

Nota mental 1: nunca mais sair de casa na primeira hora do dia.
Nota mental 2: aceitar que há animais no trânsito. Às vezes, atravessando a faixa educadamente e, outras vezes, dirigindo.

Quadrilha

JOÃO (QUE FOI PARA A GREVE E EMPUNHOU UMA bandeira do sindicato) detestava Teresa (professora grevista que xingou a colega que não fez greve), que detestava Raimundo (que usou as redes sociais para fazer um *meme* engraçado sobre a greve), que detestava Maria (que chegou atrasada em seu primeiro dia de trabalho, impedida pelos manifestantes), que detestava Joaquim (empresário que chamou todos de vândalos e baderneiros), que detestava Lili (que morava em um vilarejo e não ficou sabendo da greve) e que, até o momento, não detesta ninguém.

João voltou para casa preocupado, Teresa sentiu-se solitária, Raimundo não soube lidar com os comentários sobre sua futilidade, Maria levou falta e foi descontada, Joaquim resolveu espairecer em sua casa de praia e Lili logo, logo vai conhecer J. Pinto Fernandes, candidato a deputado federal nas próximas eleições.

Uns contra os outros, detestando-se e detestando-se, continuam todos sendo enganados pela Quadrilha.

Despalavreado

SE DISSER QUE O PANORAMA POLÍTICO NACIONAL é uma "brincadeira", eu enfraqueço o conceito da palavra e minimizo a importância do brincar, pois a brincadeira – em qualquer idade – é uma necessidade humana, benéfica e urgente.

Se afirmar que a política é uma "palhaçada", ofendo, sem direito a perdão, os honestos e criativos artistas profissionais do circo.

Se digo que é "uma porquice", logo em seguida eu me arrependo de ter sido cruel com alguns mamíferos (não políticos, no caso).

Até palavras como "lixo", "podridão" e "sujeira" parecem injustas com as larvas, os fungos, os mofos, as bactérias ou similares que o valham.

Faltam metáforas. Sobram desamparos.

E até a Língua Portuguesa – mãe das mais incríveis metáforas – é violentamente ofendida quando recrutada para auxiliar na criação de qualquer definição.

E eu, que sempre acreditei no poder das palavras, confesso (com ânsia de vergonhas e vômitos) que me sinto *despalavreado*.

Hoje, eu sonhei que

"HOJE, EU SONHEI QUE..."
Cada vez que alguém diz essa frase, a humanidade se divide em dois grupos:

Grupo 1:
Aqueles que adoram ouvir uma narrativa sem pé nem cabeça para arriscar mil interpretações.
– Essa noite, sonhei com cobra. Dizem que, quando a gente sonha com cobra, a primeira pessoa que vemos no dia seguinte está grávida.
– E quem foi a primeira pessoa que você viu hoje?
– O Arnoldo.

– Menina, sonhei que eu era pobre.
– E como foi acordar e ver que era tudo verdade?

– Tô nervosa, sonhei com dentes caindo. Dizem que é a morte por perto.
– U-huuuuu!
– Que foi?
– Esses dias, meu chefe também sonhou com dentes caindo.

Grupo 2:
Aqueles que bocejam detestam histórias desconexas e logo mudam de assunto, sem o menor pudor.
– Hoje, sonhei que estava sendo traída, fiquei angustiada, me parecia tudo muito real.
– Hum. Legal. Olhe aqui esse vídeo de uma minhoca dançando *funk*.

Para quem é da Galera 1 (e só para essa), aí vão duas narrativas oníricas pessoais.

#1
Existia um estilingue gigante, maior que um prédio de dez andares. E eu era a pedrinha.
Uma mão (igualmente gigante) me colocou no centro da malha, esticou, esticou, esticou uns três quarteirões e... ZUP!

Fui parar nas alturas de Curitiba. Cheguei a sentir o vento gelado na cara e a falta de ar. Mas, antes mesmo de mandar um aceno lá do alto para a galera do Boqueirão, acordei me debatendo e balançando os braços.

Nunca me senti tão patético.

#2

Eu estava dirigindo na BR. Ao meu lado, de carona, estava a Xuxa.

Tínhamos uma intimidade invejável, melhores amigos há anos.

Ela chamava minha mãe de "tia Leda" e minhas irmãs de "primas".

Reclamou do preço do pedágio (até a Xuxa, imaginem). E fez piadinhas com minha *playlist*, perguntando se meu rádio também tocava as musiquinhas dela ao contrário.

Mas a pauta principal do trajeto todo não poderia ser mais relevante e urgente: "Precisamos repensar o figurino das Paquitas."

Acordei sentindo-me a Marlene Mattos.

Se você também se lembra de sonhos mirabolantes, podemos conversar mais.

Faço parte do primeiro grupo.

O guardião imperial do xixi

VOCÊ PERCEBE QUE A BUROCRACIA ESTÁ ATINGINDO níveis exponenciais de imbecilidade quando, ao entrar em um conhecido centro comercial da capital, é barrado na porta do banheiro pelo "guardião imperial do xixi", que, poderoso e autoritário, decreta:

– Precisa pegar a senha com o segurança.
– Senha?
– É.
– Para usar o banheiro??
– É.
– Com o segurança?!?
– É.
– ...

Nota mental 1: "[...]"!!!
Nota mental 2: "Nem sempre é *so easy* se viver".

Diálogos em Londres

DA SÉRIE "DIÁLOGOS EM LONDRES"

Vim para cá doidinho para gastar meu inglês de uma vida e poder dizer, em algum momento: "The book is on the table" ou "Jack is my friend", embora Jack não tenha vindo comigo.

Mas, vejam, não treinei para pedir água.

E, vejam novamente: a gente geralmente costuma precisar de água.

Eu:

– *Eczqiuzimi... ããã... a uótã... a uódar... a uódôr...* Glub glub?

Atendente:

– Oxi, cê quer uma água sem gás, minino?

Eu:

– *Ariú brazíliammmm?*

Ela:

– Yes! Da Bahia!

Diálogos em Londres II

SEIS HORAS DA TARDE E JÁ PARECE MADRUGADA.
É novembro e tá frio, tá *cold*, tá *frozen*, tá Freud.

Falta pouco mais de meia hora para eu assistir ao musical O *Rei Leão* (*The Lion King*, acertei porque copiei do *flyer*). Vou assistir em inglês e vou entender tudinho porque já conheço a história. É só seguir o fluxo. Quando aparecerem Timão e Pumba, eu rio. Na morte de Mufasa, eu choro.

Uma sopa, para preencher esse tempo de espera, iria muito bem.

Sopa, sopa, sopa... em inglês...

Para a atendente:

– Sorry. I don't speak English very well, but... I want a *sôup... súp... sãp...*

Ela:

– Tu não *ispica*? Tu não *ispica* o quê, meu filho? O que que tu *ispica*, então?

Eu:

– Português. E olhe lá!

Ela:

– Vê uma sopa aqui pro meu conterrâneo.

Eu:

– ¡Gracías!

Notinhas

I

DAS COISAS QUE APRENDI NO ELEVADOR:

Uma vizinha confessa para a outra: "É por isso que eu digo, filho é assim mesmo: nove meses na barriga, dois anos no colo e o resto da vida nas costas."

Nota mental: pedir desculpas para minha mãe. Urgente!

II

Entrego R$ 20,00 ao taxista para pagar a corrida de R$ 15,00.

Ele:

– Posso ficar lhe devendo R$ 5,00? (!!!!)

Eu:

– Você pode me dar R$ 10,00 de troco e eu ficar lhe devendo R$ 5,00?

Ele:

– Não, vou ali trocar.

Nota mental: perguntar para Angélica se, quando ela ia de táxi, também passava por essas.

III

Nota sobre o domingo e seus paradoxos:

Um casal *fitness*. Os dois devidamente fantasiados com seus modelitos *fitness*. Caminham em um parque *fitness* em uma velocidade e em uma ansiedade *fitness*. Cada um fumando seu respectivo cigarrinho.

IV

Dos verbos improváveis que a gente ouve em um pequeno passeio pela orla:

A senhora da canga de oncinha trepa na árvore para tirar um retrato.

Depois de encontrar o enquadramento perfeito e disparar o clique que eternizou a belíssima pose, a amiga fotógrafa ordena:

– Agora destrepe.

Nota mental: eu destrepo, tu destrepas, ele destrepa, nós destrepamos, vós destrepais (?), eles destrepam.

Mais notinhas

– É UMA CEGONHA.

– Acho que não.

As duas adolescentes com uniforme de colégio particular debatem no zoológico.

– Claro que é, cara.

– Rá, rá, rá... acho que não, cara.

A cena seria trivial se as duas não estivessem diante de uma placa imensa, na qual se lia: "Pelicano".

Notinhas no ônibus

I

ESTOU COM "SORTE" (?) PARA OUVIR SANDICES NO ônibus. Hoje, uma senhora desabafava para outra:

– Fulana pagou *vintidois* real num sabonete de marca chique. Eu achei um absurdo. Com *vintidois* real, eu compro sabonete prum ano. Mas *dizque* o tal sabonete é o único que tira o óleo da pele. Sabe, quando a cara fica cheia de óleo, gordura, banha? Esse tira! *Ozotros* não tira. Eu falei pra ela: pena que não inventaram um sabonete pra tirar a gordura da sua barriga, né? Que que adianta?

Nota mental: é, pena que não inventaram o "palmolipo".

II

Duas mulheres conversavam alto – bem alto – hoje pela manhã no biarticulado. Falavam sobre seus respectivos maridos. Uma delas:

– Eu não vô *botá* internet no meu nome. Se eu soubesse que ele ia *vê* conteúdo – mas não –, vai *ficá* só vendo *bobagera*. Daqui uns dia, tô eu, *trabaiando* o dia *intero*, *pelanqueando*, pro *bunito ficá* pras loja e na internet. Pois sim, *paiaça*, agora?

Nota mental: decorar a conjugação do verbo *pelanquear*.

Carta para tia Tita

QUERIDA TIA TITA,

Hoje, por algum motivo incerto, tive saudades da gemada com erva-doce que a senhora fazia quando eu era criança. Não sei se foi o inverno curitibano, mas algo me fez lembrar os chás que a senhora fazia e que, durante anos, acalmaram as dores da alma de toda família. Lembrei-me também de todos os cafés da manhã com polenta frita – sua especialidade.

Eu trocaria qualquer restaurante refinado para poder tomar seu café novamente.

Quando tinha dez anos, eu gostava de esperar a senhora ir tirar seu tradicional cochilo da tarde. Eu ia até o jardim e improvisava uma vara de pescar com um cabo de vassoura qualquer. No lugar da isca, colocava uma flor e um bilhetinho – que eram lançados pela janela. Enquanto a senhora não acordava para pegar o "presentinho", eu não sossegava. Quando isso acontecia, eu saía correndo e me escondia, convicto de que a senhora nunca descobriria a identidade do admirador secreto que, todas as tardes, enviava uma flor e um bilhetinho.

A senhora não se casou e não gerou filhos. Mas criou sete. Eu e meus seis irmãos. Enquanto a mãe trabalhava e o pai viajava, a senhora gerenciava a vida de sete criaturas. Eu era o caçula e – por favor, não desminta – era o seu preferido. Não fosse isso, a senhora não teria dado cobertura a tantas traquinagens, impedindo que elas chegassem aos ouvidos do pai e da mãe.

Quantas surras foram economizadas graças a sua proteção? A senhora foi meu anjo na Terra.

Quantas dores de estômago a senhora conseguiu curar apenas esquentando panos – madrugada adentro – e colocando-os sobre minha barriga?

Quantas pernas esfoladas e dedões do pé arrebentados a senhora curou apenas com mercúrio e calma?

Quantas "escolinhas" a senhora foi obrigada a assistir quando eu brincava de ser professor? A senhora não ia muito bem nos "deveres" e sempre tirava nota baixa. Sua caligrafia também não era das melhores. Tia, eu cresci e tornei-me professor. E nunca mais tive uma aluna tão especial quanto a senhora. Creio que sou um professor melhor do que naquela época (embora continue dando notas baixas e me deparando com caligrafias difíceis).

Nós nos encontramos pela última vez quando eu tinha quinze anos. A senhora se foi sem dizer tchau e sem me dar um abraço. Sem me fazer um chá. Sem me servir café com polenta. Sem nada.

Eu estava dormindo na casa de minha irmã Lena e a senhora estava no hospital. Na madrugada, o telefone tocou, estridente e agoniado, tal qual as batidas de meu coração. A Lena atendeu, fez silêncio e, ao desligar, me disse:

– Você vai ter de ser forte.

Preciso confessar: não fui, não sou e nunca serei forte. A senhora se foi há 22 anos e, de lá para cá, não houve panos quentes colocados sobre a minha barriga que dessem conta de curar sua ausência.

Gostaria de poder improvisar novamente uma vara de pescar e, no lugar da isca, colocar mais uma flor (a última) e mais um bilhetinho (o último) escrito: "Fique um pouco mais. Fique para mais um chá. Fique para mais um café com polenta. Fique para mais uma gemada com erva-doce".

Os invernos são mais doloridos sem a senhora.

Com amor,
Seu sobrinho professor.